PETER DE WIT

SIGMUND

weet wel raad met

MANAGERS

DE HARMONIE – AMSTERDAM

Eerste druk maart 2008
Tweede druk mei 2008
Derde druk maart 2009
Vierde druk december 2009
Vijfde druk februari 2011
Zesde druk december 2013
Zevende druk mei 2017

ISBN 978 90 6169 857 9

Vormgeving Rudy Vrooman
Druk Ten Brink

www.sigmund.nl
www.deharmonie.nl

Ik zit helemaal vast in mijn werk, dokter, maar wat moet ik anders?
Tja.
Wat zegt uw gevoel?
Gevoel? Ik ben een manager.
O ja, sorry.

Weet u wat de taak is van een manager binnen een bedrijf?
Niet precies.
Goed luisteren naar de werknemers, draagvlak creëren en dan de knoop doorhakken.
klinkt goed.
Nou, knopen doorhakken is lekker, de rest is gezeik aan je kop.

Ik ben chef, maar hoe ga ik om met mijn ondergeschikten?
Zeg dat nooit! Het zijn uw medewerkers!
Kan ik bijvoorbeeld mijn secretaresse koffie laten halen?
Nee! Vraag beleefd of ze de koffie wil verzorgen en zeg nooit mijn secretaresse!
Nooit medewerkers bazig behandelen of vernederen, maar als partners met respect bejegenen.
Aha.
Duidelijk geen leiderstype.

Binnen het bedrijfsleven is er teveel kortetermijndenken. Het is scoren, scoren, scoren!
Juist.
Ik ben meer een man van de lange termijn.
Wat is uw visie?
We gaan allemaal naar de klote.

Het is overduidelijk: U heeft een burn-out.
Echt waar?
Er zijn veel moderne, hoogopgeleide vrouwen zoals u, die alles willen en ook alles perfect willen doen.
Door uw drukke baan en de constante stress bent u altijd moe en dat eist nu zijn tol.
Aha.
Ik wil wel een hele mooie, grote en bijzondere burn-out!

Ik verdeel de wereld
in winners en losers.

Ik heb toch
niets beters
te doen.

JANSEN BV
JANSEN BV
Een hal van golfplaten op een industrieterrein met mijn naam erop. Nee, ik heb niet voor niets geleefd.

Ik droomde altijd van een eigen bedrijf.
Een jaar geleden heb ik de knoop doorgehakt. Baan opgezegd en voor mezelf begonnen.
Sindsdien lig ik 's nachts wakker.

Ik ben een workaholic. Ik werk 60 á 70 uur per week.
Als ik niet werk dan raak ik depressief. Ontspannen is onmogelijk. Vrije tijd een marteling.
Wat moet ik doen, dokter?
Werken.
Zo simpel.
En toch kunnen ze het niet zelf bedenken.

Ik ben het afgelopen jaar bewust aan mijn netwerk gaan werken.
Mijn kennissenkring omvat nu captains of industry, reclamebonzen, politieke kopstukken et cetera. Allemaal mensen die er toe doen.
Toe maar!
En heeft het al wat opgeleverd?
Jazeker.
Een minderwaardigheidscomplex van hier tot Tokyo.
Daarom zit ik hier.

Humor is onmisbaar als managementtool, dokter.
Een bedrijf dat me in de weg zit concurreer ik kapot.
Dan koop ik die toko op en schop iedereen die me niet aanstaat op straat.
Hahahahahahaha
hahahahahahahaha
hahahahahahahaha
hahahahahahahaha
hahahahahahahaha

Ik heb een collega met wie niet valt te werken.
Zij houdt zich afzijdig, voelt de sfeer niet aan en alles moet altijd op haar manier.!
Wat vervelend.
Dat lijkt me toch iets om met de leiding te bespreken.
Heb ik gedaan.
Volgend jaar zit ze bij het management.

Tot voor kort richtte de kritiek op managers zich vooral op het exorbitant hoge salaris.

Maar nu blijkt weer dat de wildgroei aan managers de sfeer op de werkvloer verpest, waardoor de productiviteit daalt.

Waarom heeft iedereen toch zo de pik op ons, we doen toch niks?

Het is voor vrouwen moeilijk om met mannen te concurreren.
Door mannen raast tien keer zoveel testosteron als door vrouwen.
Ja, we zijn baasjes, hoor.
Dus moeten we agressief en meedogenloos de strijd met mannen aangaan, als we de top willen bereiken en dat willen we!
Maar dat is moeilijk voor vrouwen.
Daarom raad ik vrouwen aan belangrijke vergaderingen en functioneringsgesprekken te plannen tijdens de menstruatie!

Gek hè, maar ik heb eigenlijk geen idee wat mijn sterke kanten zijn.
Wat zijn mijn unieke talenten? Als ik die ontwikkel, word ik op alle fronten succesvoller!
Even denken.
U bent een slappe ouwehoer.
Hm.
'Communicatief sterk.' Prima, en verder?

Ik ben dertig, een mijlpaal. Maar wat heb ik nou eigenlijk bereikt?
HELEMAAL NIKS!
NIEMENDAL! NOPPES! NAKKO! NADA! RIEN! NOTHING! NICHTS! NUL KOMMA NUL! NIENTE!
Nou, toch best veel hoor, als ik erover nadenk.
Jammer, ik was net zo lekker op dreef.

Wie zaken doet of bestuurt, moet communiceren.
Ja, doffe ellende is dat.

Managers staan bekend als koud en rationeel, maar wij hebben gevoelens, net als iedereen.
Ik ben nu bijvoorbeeld bezig met een reorganisatie en daar kan ik intens van genieten.

Ik heb veertig jaar bij hetzelfde bedrijf gewerkt.
Elke dag te laat, grote bek tegen iedereen, niks uitvoeren en weg met een gouden handdruk.
Zo!
Ja, dat zou nu niet meer kunnen, dokter.
Tegenwoordig moet je dat als manager over zes of zeven bedrijven uitsmeren.

Het ontslagrecht moet versoepeld worden. Het is nu veel te moeilijk om mensen te ontslaan!
Onzin!
Hoe durft u mij tegen te spreken? U bent ONTSLAGEN!
U kunt mij helemaal niet ontslaan.
Zie je, dat bedoel ik nou.

Echte ideeën voor vernieuwing zitten in het hoofd van de werknemer. Daarom zijn bedrijfsborrels zo belangrijk.
Gisteren eentje georganiseerd en de mensen aangemoedigd om hun ideeën te spuien.
Zo!
Geen zilveruitjes op de blokjes kaas
Sushi passé, bitterballen oké
Extra beertenders!!!
Niet gek, hè?

MANAGERS HANDBOEK
Toespraken
Bedenk dat slechts 15 procent van wat u vertelt bij de ander aankomt.
I he n gelez da sl 15 p v wa u ve b d an aank!

Er is een aantal algemene principes die in elke managementfunctie terugkomt.
En dat zijn?
Plannen, organiseren, leidinggeven, controleren en langswippen bij Club SEXY.
Die laatste heb ik zelf toegevoegd, anders werd het wel erg droog.

Ben ik als hoogopgeleide vrouw lekker bezig carrière te maken, zit ik bijna bij die top...
Is daar dat glazen plafond!
En wat doet een ambitieuze vrouw met dat plafond?
Streeploos zemen?

Ondernemen
is net kinderen
krijgen.
Daar heeft u ook
geen verstand
van?

Ik heb last van stress.
Hm.
Goede stress of slechte stress?
Wat is het verschil?
Als het Goede stress was, zat u hier niet.

IK wil GraaG een sabbatical, maar op mijn werk ligt dat heel moeilijk.
GELUL!
ALS DIE MOSLIMS EEN GEBEDSRUIMTE KRIJGEN, MOGEN JULLIE JODEN DAT TOCH OOK!
Loopt-ie kwaad weG! Wat ligt die Geloofsshit toch GevoeliG.

Topmanagers als u hebben vaak een overdreven rooskleurig beeld van hun onderneming.
Hoe komt dat?
Omdat de angst regeert. Medewerkers houden slecht nieuws voor zich, omdat ze bang zijn de sfeer te schaden of zelfs hun baan te verliezen.
Zo kan een bedrijf naar de knoppen gaan en heeft de manager het pas in de gaten als het te laat is.
Oei!
Gelukkig gaat in mijn bedrijf alles heel goed.

Ik ben manager en dit jaar wordt mijn salaris weer met 60 procent verhoogd en krijg ik een bonus van een half miljoen.
Dat betekent een tweede boot, derde huis, vierde auto, vijfde vakantie en zesde vrouw.
Kortom: stress!
Daardoor ga ik mijn werk verwaarlozen, het bedrijf komt in de rode cijfers en ik krijg ontslag!
Hallo? Mijn gouden handdruk moet omhoog!

Ik maak dus regelmatig weken van 80 uur, hè.
Hm.
Ik kan me de tijd niet heugen dat ik weken van minder dan 100 uur maakte.
Ach.
Ik maak weken van 170 uur.
170?!
Een week heeft maar 168 uur hoor!
Dat is jullie fout, hè. Jullie denken in beperkingen.

Organisaties moeten constant veranderen om te overleven.
Dat is waar.
Je komt allerlei emoties, belangen en dilemma's tegen. Hoe ga je daar als manager mee om?
Nou?
Altijd jezelf blijven.

De ICT-sector bestaat voor 90 procent uit mannen.
Tss! En dat in deze tijd!
Doen jullie wel voldoende om meer vrouwen te krijgen?
Daar wordt keihard aan gewerkt.
Dit prototype is via spraakcommando's te besturen.
HAAL KOFFIE!
KRK

De arbeidsmarkt is dynamischer dan ooit. Organisaties, functies en arbeidsrelaties veranderen.
Opleidingen, trainingen en coaching zorgen ervoor dat de moderne werknemer adequaat in kan spelen op veranderingen.
Employability is het sleutelwoord.
Wat voor baan heeft u?
Ik ben al jaren werkloos.

Onder mijn leiding is het aantal vrouwen bij de bank op senior vice-president niveau enorm gestegen.
Kijk aan.
Zo zie je dat het wel kán.
Mooi hè?
Meer van die schatjes binnen handbereik.

Dus dan zijn we vrijwel akkoord wat betreft uw arbeidsvoorwaarden...
Ja, op de verlengde Hummer na.
IETS BV

Elke dag ga ik naar mijn werk in de wetenschap dat het bestaan van honderden mensen afhangt van mijn beslissingen.
Lijkt me zwaar.
Ach, als het goed gaat krijg ik een bonus en als ik het verkloot een gouden handdruk.

Zeventig procent van de reorganisaties mislukt. Er wordt niet efficiënter gewerkt en de dienstverlening is niet verbeterd.
Tjonge!
Dat komt voor een belangrijk deel doordat werknemers de onzekerheid over hun baan niet aankunnen.
Trekt u daar als manager lering uit?
Nou en of! Het is veel beter iedereen te ontslaan en opnieuw te beginnen.

Weet u wat de beste carrièretip is die ik kan geven?
WEES JEZELF
En dan natuurlijk niet je initiatiefloze zelf, maar je ambitieuze zelf.
Ik ben eigenlijk gek dat ik daar geen geld voor vraag.

Ik geef lezingen voor managers en sluit altijd af met de slogan: Coachen is een werkwoord!
En pikken ze dat goed op?
Geen idee, ze zitten dan al lang en breed in de bar.

Hoogopgeleide werknemers zullen in de toekomst zelf kiezen voor wie ze gaan werken.
o?
Verder zullen ze zelf bepalen welke werkzaamheden ze zullen verrichten, onder welke voorwaarden, op welk moment en op welke plek.
En de werknemers van de toekomst willen niet te lang voor dezelfde baas werken.
Godzijdank!

Het Rijk is een van de grootste en meest diverse werkgevers van ons land, dokter.
Het Rijk biedt boeiend en maatschappelijk relevant werk en een grote verscheidenheid van functies.
En ook de secundaire arbeidsvoorwaarden zijn bij het Rijk echt uitstekend geregeld.
U werkt bij het Rijk?
Nee, ik ben gewoon een slappe ouwehoer.

Filosofen zoals ik zitten niet meer op onze zolderkamer, maar maken carrière in het bedrijfsleven.
Echt waar?
Nou en of! Tijdens de studie leer je logisch en gestructureerd na te denken.
Dat maakt filosofen zeer geschikt als consultant.
Aha.
En een nuttig beroep?
Nee, dat nog steeds niet helaas.

Vroeger maakte ik lange reizen met de rugzak. Ik sliep op het strand en speelde gitaar bij het kampvuur.
Nu zit ik in *the corner office* aan een groot bureau en heb twee secretaresses tot mijn beschikking.
Brood aan de muur en op de plank.
Dit had ik veel eerder moeten doen.

Ik ben sinds kort hoofd van de afdeling, maar ik vind het moeilijk om leiding te geven.
Moeilijk?
Die loonslaven moeten gewoon doen wat u zegt! En meteen! En goed! Anders hoepelen ze maar op!
Ze moeten op hun knieën naar u toe kruipen en uw schoenen likken als u dat wilt! Wat zullen we verdorie nu beleven?
Pardon.
Ik heb nog nooit personeel gehad, maar ik verheug me er wel erg op.

Ik ben een perfectionist en daar word ik volmaakt wanhopig van.

Hoe haal ik meer voldoening, creativiteit, balans en inspiratie uit mijn werk?
Wat?
Krijgt u geen salaris?
Eh... jawel.
Wat zit u dan dom te zeiken?
Ongelofelijk zo iemand.

Als manager moet je er goed en gezond uitzien. Daarom heb ik mezelf flink laten renoveren!
Aha.
Nu ben ik weer de John van Dijk van tien jaar geleden!
Geweldig! Zoveel jonger lijkt u?
Nee, zoveel heeft het gekost.

Werkoverleg, bespreking of afdelingsbijeenkomst, het komt allemaal op hetzelfde neer: *Vergaderitis!*
Hm.
Eindeloos neuzelen over agendapunten. Vergaderen kost ontzettend veel tijd en geld!
Ja, vervelend. Dat was het?
Ho ho, ik heb nog een paar puntjes.

Jammer toch dat wij mensen een derde van ons leven slapend doorbrengen. In die tijd kun je zoveel DOEN!
Ja.
ALS WE NIET HOEFDEN TE SLAPEN HADDEN WE DEZE PLANEET ALLANG NAAR DE KLOTE GEHOLPEN! NU DUURT HET NOG ZESTIG JAAR!
Sorry, ik heb slecht geslapen.
Ah.

Om fris en alert te blijven doe ik op mijn werk elke middag een powernap.
Powernap? Dat is toch gewoon een dutje?

Een doorbetaald dutje.

HOERA, HET IS WEER MAANDAG!
Zo te horen bent u best tevreden met uw baan!
Nou en of! Voor mij is het weekend een hinderlijke onderbreking van de werkweek en zelfs overwerk geeft mij positieve energie!
Tjonge!
Die lui met een slecht huwelijk haal je er zo uit.

In mijn bedrijf voer ik regelmatig sollicitatiegesprekken.
Aha.
Als ik dan kan kiezen tussen een man en een vrouw en beiden zijn goed, dan geef ik de voorkeur aan de vrouw.
Sympathiek. U wilt ze een duwtje in de rug geven.
Vrouwen verdienen 20 procent minder dan mannen voor hetzelfde werk!

Als alles meezit kan ik over vijf jaar stil gaan leven!
Ik vind je nu al vaak zo stil.
PENT HOUSE
PSYCHO TISSUES

Het enneagram beschrijft negen persoonlijkheidstypen, maar volgens mij zit ik er niet bij.
Kijken.
ENNEA GRAM
De perfectionist, de helper, de winnaar, de individualist, de waarnemer, de loyalist, de optimist, de leider en de bemiddelaar.
Ja, inderdaad.
ENNEAGRAM
Ze zijn de loser vergeten. Schrijf ik die er toch even bij.

De nieuwe generatie managers is van mening dat je niet over lijken hoeft te gaan om de top te bereiken.
Hm.
In plaats van meedogenloosheid en sluwheid kiezen ze voor samenwerking en strategische allianties.
Tss
Mietjes!
Wijvengedoe inderdaad.

Ik zie hier dat u manager bent.
Klopt.
Maar ik voel me meer coach dan manager
En bovenal zie ik mezelf als een mensenmens.
Juist.
U bent dus gewoon een slechte manager.
Eigenlijk is dat het.

Weet u dat veel mensen meer energie, creativiteit en commitment in het vaststellen van de vakantiebestemming stoppen dan in hun carrière?
Ja.
Als je nu nog niet geboekt hebt, kun je het deze zomer wel vergeten!
Ik bedoelde dat dat raar is.
O, op die fiets.

Bij sommige mensen is het talent groter dan de ambitie.
Bij anderen is de ambitie groter dan het talent.
Bij mij is er evenwicht.

Ik ben ontslagen.
Hè, bah!

Een massaontslag is altijd extra triest.

Vrouwen verdienen 20 procent minder dan mannen voor hetzelfde werk. Dat moet afgelopen zijn!
Ja.
In het bedrijf waar ik werk hebben de vrouwen actie gevoerd om een gelijke beloning af te dwingen en met succes.
Wat goed!
De mannen gaan een dag minder werken.

Ik wil mijn psychose upgraden naar een trauma.

Voor mijn carrière heb ik alles opzijgezet.
Mijn vrouw is van me vervreemd... de kinderen heb ik niet zien opgroeien.
En dat scheelt echt ontzettend veel tijd.

De drs en ing bestaan niet meer. Het aantal opleidingen en titels is bijna oneindig geworden.
Tja.
Op visitekaartjes zie je nu MBI, MCC, MFA, MFP, MBA, MHA, MHM enzovoort. Er worden wel tachtig verschillende titels aangeboden.
En wat staat er op uw visitekaartje?
MTU
MASTER of THE UNIVERSE!

Ik heb te veel hooi op mijn vork genomen en nu heb ik een burn-out.
Juist.
Ik heb een schema waarmee u na een maand weer de oude bent.
Burn-out
30 dagen? HA!
Dat haal ik in 15! Wedden?

Ik stuur mijn werknemers sinds kort naar zen-training.
En werkt dat?
Ja, ze accepteren hun ontslag rustig ademhalend en zonder stress.

Vanwege mijn werk GSM meegenomen op vakantie.
Iedereen op de zaak een memo: 'Jongens, Bert zit dan wel in Spanje maar Bert is 24 uur per dag bereikbaar.'
Mobiele nummer erbij. Belangrijke dossiers bij me in de laptop. Vrouw niet blij maar ja.
Drie weken lang niemand gebeld. Hele vakantie verpest.

Ziet u zichzelf als een winner of een loser?
Nee hè!
Waarom moet dat nou weer in het Engels? Bah! Wat een flauwekul!
En wat teleurstellend dat u aan die mode meedoet, dokter!
'Loser'
Ik eis dat u verliezer opschrijft!

Vroeger stond je als vrouw voor de keuze: kind of carrière.
Nu niet meer?
Gezien het aanbod van mannen, wordt het automatisch carrière.

Een constructief werkoverleg is beter dan seks!

Ik was altijd zo'n vreselijk gestreste manager, weet u nog wel?
Nou en of.
Dankzij uw therapie ga ik nu al een jaar ontspannen door het leven.
MAAR MIJN CARRIÈRE IS WEL NAAR DE KLOTE!
Merk ik daar iets van stress?

Wie geen fouten durft te maken, zal nooit iets maken!
Zoek geen lof, zoek kritiek!
Het gaat er niet om hoe goed je bent, maar hoe goed je wilt zijn!
Zeg.
Misschien moet u even een maandje geen managementboeken lezen.
Denkt u?

Managers zoals u, die vanuit hun ivoren toren bevelen geven, zijn niet meer van deze tijd.
Dit is de tijd van het coachen: motiveren en inspireren.
Jaja!
Maar werk moet toch ook fun zijn?

Dokter, ik heb een burn-out.
NOU EN!
IT'S BETTER TO BURN OUT, THEN TO FADE AWAY!
Waar slaat dat op?
Nergens op. Ben een beetje overwerkt.

Als manager besteed ik 30 procent van mijn tijd aan conflicten, verstoorde verhoudingen tussen werknemers.
Vervelend, want dan komt u niet aan uw eigenlijke werk toe.
Wat?

Ik ben coach bij ManageMens.
Wat doet ManageMens precies?
Onze organisatie heeft zich ten doel gesteld om managers tot meer reflectie en diepgang te bewegen.
En?
Hoon is ons deel.

Managers zijn klootzakken!
Tja.
Je hebt die klootzakken wel nodig om leiding te geven aan een organisatie.
Maar het blijven klootzakken!
Ontzettende klootzakken!
Komt u uit het bedrijfsleven? U weet er zoveel vanaf.
Nee, ik ben therapeut.

De Nederlandse economie is op sterven na dood! Waarom? We missen DURF!
Ondernemen is durven! Ondernemen doe je met je kruis, niet met je hoofd!
Wat stelt u voor?
Een keten sexshops, of eh... een bordeel... Dat soort dingen.

De gebrekkige doorstroming van vrouwen naar de top is niet alleen het traditioneel mannelijke management aan te rekenen maar ook vrouwen zelf.
Want?
Nou, doordat het vrouwen zijn worden ze achtergesteld.

Het begon met een sabbatical...

Mensen in een organisatie kun je heel goed vergelijken met dieren.
Snap ik.
Om het verschil in karakter duidelijk te maken, spreek je over de rat, de mier of de vlinder.
Wat? Welnee.
Dan is het niet zo erg als je ze vertrapt.

Ik heb alles en toch ben ik niet GelukkiG.
Hm.
Ik heb niks en ben ook onGelukkiG.
Ruilen?

Bij ons thuis zijn de rollen omgedraaid.
Mijn vrouw werkt full-
time bij een bank. Ze
heeft een topfunctie.
En u bent huisman.
PIZZA
Ja, kinderen naar school
brengen, bedden opmaken,
afwassen, stofzuigen,
boodschappen doen, was-
sen en strijken, kinderen
uit school
halen, koken...
En hoe bevalt dat?
Klote natuurlijk.
TUF

SUCCES CREËER JE ZELF!
Zo is het!
Zo heel erg succesvol ziet u er trouwens niet uit.
Nee.
Pech blijk je ook zelf te kunnen creëren.

Ik weet nog wel dat vroeger ambitie en carrière vieze woorden waren.
Welnee.
Kut en piemel dan?
Ja, die wel.

Mijn vrouw en ik hebben de huishoudelijke taken eerlijk verdeeld.
Ontzettend irritant is dat.
Ah

In het bedrijfsleven wordt het voor mannen steeds belangrijker om er goed uit te zien. Dus heb ik de wallen onder mijn ogen weg laten halen.
Verstandig.
Gelukkig rust er geen taboe meer op cosmetische chirurgie voor mannen.
Precies.
Ik heb ook meteen lekkere tieten genomen.

Als manager probeer ik veranderingen door te voeren, maar in de praktijk komt daar zo weinig van terecht.
Klopt.
U bent te zeer gericht op het eindresultaat en niet op de gedrags-verandering die nodig is om dat resultaat te bereiken.
Gedrag is niet zomaar een onderdeel van de verandering, het IS de verandering.
Aha!
U moet leren dat u de dingen niet moet willen veranderen.

Mensen tussen de 25 en 35 hebben zoveel moeite met de stortvloed aan beslissingen die ze moeten nemen dat we kunnen spreken van een heuse crisis: de Quarterlifecrisis.
Grrr!
Slappelingen! Toen ik die leeftijd had, had ik helemaal geen tijd om na te denken!
En u komt voor..?
Een joekel van een midlifecrisis.

Het valt als manager niet mee om om te gaan met hoogopgeleide dertigers, dokter.
Ze zijn zeker verwend?
Nou, het is een veeleisende generatie en er bestaat een groot verschil tussen hun emotionele en professionele ontwikkeling.
En hoe pakt u dat dan?
Ik geef ze meestal de leiding over het kopieerapparaat. Ze zijn gek op knopjes.

Vorig jaar had ik als voornemen minder werken en meer tijd voor het gezin.
Dit jaar ga ik meer werken en neem ik minder tijd voor het gezin.
Dit op uitdrukkelijk verzoek van het gezin.

Ik zou wel iets willen bereiken in mijn leven... maar ja...
GEEN GEZEIK! WILLEN IS KUNNEN!
KUNNEN IS DOEN EN DOEN IS PRESTEREN!
Dus willen is presteren.
Natuurlijk neemt zo'n luiwammes weer de kortste weg.

De Amerikaanse stijl van zakendoen die wij in Europa hebben overgenomen ligt steeds meer onder vuur.
Ach!
Men heeft genoeg van die agressieve managementstijl met louter financiële targets en zelfverrijking van topmanagers.
Steeds meer bedrijven keren terug naar het Europese businessmodel.
En dat is ook alweer?
Een beetje aankutten tussen de vakanties door.

Mijn hele leven had ik uitgestippeld
Maar toen ik alle puntjes had verbonden
Stond er niets